AF465687

ORAISON FVNEBRE DE MONSEIGNEVR LE PRINCE DE CONTY.

PRONONCÉE A PARIS le 5. Iuin 1666.

AV GRAND CONVENT DES CARMELITES.

PAR MESSIRE

GILBERT DE CHOYSEVL DV PLESSY-PRASLAIN,

Euesque de Comenge.

A PARIS,

Chez Antoine Vitré, Imprimeur ordinaire du Roy, & du Clergé de France.

M. DC. LXVI.

AVEC PRIVILEGE DV ROY.

8° Z. Le Senne 8876

ORAISON FVNEBRE DE MONSEIGNEVR LE PRINCE DE CONTY.

Gratia Dei in me vacua non fuit. 1. Cor. c. 15.

I ceux qui ſont obligez de loüer en public les perſonnes illuſtres tiennent à grand bon-heur de trouuer des Heros entre leurs anceſtres ; & plus encore de rencontrer en elles ces éminentes qualitez qui forment l'idée des Heros dans l'eſprit de la pluſpart des hommes: on me doit croire, MESSIEVRS, fort heureux d'auoir à parler dans cette aſſemblée, de tres-haut, tres-excellent, tres-magnanime ARMAND DE BOVRBON, ſereniſſime PRINCE DE CONTY. Ie ne voy de toutes parts dans ſa maiſon que des couronnes & des ſceptres. Ses auguſtes predeceſſeurs ont gouuerné depuis treize ſiecles cette floriſſante monarchie. Ils ont par leur valeur & par celle des Princes de leur ſang donné non ſeulement des alliances, mais des Souuerains preſque à tout le monde. Ainſi nous pouuons dire que les ſources de la vie de ce grand Prince ſont des ſources de gloire, qui dans la ſuite de leur cours ont heureuſement inondé toute la terre.

Que ſi je paſſe de ſes anceſtres à ſa perſonne, & & ſi j'enuiſage les admirables qualitez qui luy ont eſté tranſmiſes auec le ſang de tant de Rois : ne puis-je pas dire ſans flatterie qu'il eſt difficile de juger s'il a plus tiré d'honneur de ſes ayeuls qu'il ne les a honorez luy-meſme ; & ſi ceux dont il deſcend ont mieux merité de l'auoir pour fils, que luy de les auoir pour peres ?

Mais apres auoir fait reflexion ſur mes deuoirs en cette rencontre, je me trouue obligé de cacher ſous le voile du ſilence ces merueilleux auantages dont la nature & la fortune ſembloient auoir pris plaiſir à fauoriſer ce Prince. Car comment pourrois-je en faire le fond de ſes loüanges, ſans blaſmer le jugement qu'il en a porté luy-meſme ? Certes, ſi je n'eſtimois en luy que ce qu'il a ſi publiquement ſacrifié, je ferois tort à ſes propres ſentimens, & ſon eloge ſeroit injurieux à ſa memoire.

Grand Prince qui m'entendez du haut du ciel,

ſi je me ſeruois de l'autorité de la chaire euangelique pour releuer les grandeurs du ſiecle que vous auez ſi genereuſement foulées aux pieds pour regner auec IESVS-CHRIST; comment reſiſterois-je aux reproches ſecrets que me feroit le ſouuenir de cette humilité chreſtienne que je vous ay veu pratiquer ſi ſaintement?

Peut-on douter, MESSIEVRS, que ſi ce Prince pouuoit paroiſtre en ce lieu pour nous declarer ſes ſentimens, il ne ſe ſeruiſt pour nous les faire entendre de ces paroles de ſaint Paul qui doiuent eſtre ſi terribles aux ſages, & aux Grands du monde: *Videte vocationem veſtram, fratres, quia non multi ſapientes ſecundùm carnem, non multi potentes, non multi nobiles;* *1.Cor. c.1.* Que Dieu n'a choiſi ny ceux qui ont vne ſageſſe purement humaine: ny ceux qui ſe ſeruent ſelon l'eſprit du ſiecle de l'autorité qu'ils ont dans le monde: ny ceux qui mettent toute leur gloire dans la grandeur de leur naiſſance. Mais qu'il veut que la ſageſſe du monde ſoit confonduë par ce qui paroiſt folie aux yeux du monde: *Sed quæ ſtulta ſunt mundi elegit Deus vt confundat ſapientes:* Que la foibleſſe ſoit victorieuſe de la force; *Et infirma mundi elegit Deus vt confundat fortia:* Que ce qui ſemble le plus meſpriſable & le neant meſme, humilie ce qui eſt de plus noble aux yeux des hommes: *Et ignobilia mundi & contemptibilia elegit Deus & ea quæ non ſunt vt ea quæ ſunt deſtrueret:* Et qu'enfin l'orgueil humain ſoit abaiſſé en preſence de ſon eternelle Majeſté: *Vt non glorietur omnis caro in con-*

ſpectu ejus. Ces veritez, MESSIEVRS, auoient fait vne telle impreſſion dans l'ame de ce Prince qu'il les auoit priſes pour les regles de ſa vie & pour le fondement de ſes deuoirs, comme nous le voyons dans ce qu'il auoit écrit pour ſa conduite.

Art. 4. des deuoirs des Grands.

La beauté, la grandeur, & la ſolidité de ſon eſprit également capable des ſciences, des affaires, & de la conduite des peuples, eſtonnoient les gens de lettres, les magiſtrats, & les politiques. Le commandement des armées, le gouuernement des prouinces, & cette auguſte naiſſance qui l'approchoit ſi prés du troſne, luy donnoient vne telle autorité, qu'il voyoit preſque tout au deſſous de luy. Mais lors qu'il faiſoit reflexion ſur le danger auquel ces auantages humains expoſoient ſon ſalut; au lieu de faire de ſa naiſſance, de ſon autorité, & de ſes lumieres, les ſujets de ſa joye; ils ne luy eſtoient que des ſujets de crainte: *Triplicem habebat timendi cauſam*, comme l'écriuoit autrefois ſaint Bernard à vn homme d'eminente qualité à qui la Nature & la Fortune auoient departi ces meſmes dons.

S. Bernard. ad Colon. Arch. Ep. 9.

Ie ne puis donc, MESSIEVRS, me reſoudre à loüer cét admirable Prince que parce qu'il a remply en ſon particulier tous les deuoirs d'vn Prince chreſtien, & parce que comme perſonne publique il s'eſt ſi ſaintement ſeruy de l'autorité que le Roy luy auoit miſe entre les mains qu'il peut dire auec verité en l'vn & en l'autre de ces deux eſtats, ces paroles de l'Apoſtre : *Gratia Dei in me vacua non fuit.*

Si jamais les grandes veritez de la profonde theologie de ſaint Paul ont paru dans tout leur éclat, je puis dire que c'a eſté en la perſonne du Prince de qui je parle. Cét Apoſtre toûjours diuin dans ſes penſées, toûjours magnifique dans ſes expreſſions, & qui auoit puiſé dans le ſein meſme de la Diuinité les myſteres les plus impenetrables de la religion, nous apprend qu'il n'y a rien dans la vie de ceux que Dieu a choiſis pour en faire des *vaiſſeaux d'eſlection*, & qui ſont appellez *Saints* ſelon l'infallibilité de ſa preſcience & l'immobilité de ſes decrets eternels, qui ne coopere à leur ſalut : *Scimus quoniam diligentibus Deum omnia cooperantur in bonum iis qui ſecundùm propoſitum vocati ſunt Sancti.* Rom. 8. Saint Auguſtin, ce fidele Interprete des ſentimens de ſaint Paul, aſſeure que meſme les pechez dans leſquels Dieu permet que tombent ſes eſleus contribuënt à leur ſainteté par l'humiliation d'vne veritable penitence, à laquelle ils donnent occaſion lors que ce Dieu de miſericorde daigne les regarder apres leur cheute comme il regarda S. Pierre apres la ſienne. Ainſi, MESSIEVRS, encore que Dauid, que Dieu auoit choiſi ſelon ſon cœur, euſt terni la pureté de ſa vie par des crimes qui firent en luy vne interruption d'innocence, & que ce redoutable Iuge puſt armer auec juſtice ſa colere contre luy comme il auoit fait contre Saül; il en parle neantmoins apres ſa penitence comme s'il n'auoit jamais peché. Et quand il apparut à Salomon apres que ce Prince eut acheué ce ſuperbe temple où ſon nom deuoit eſtre adoré, il ne luy propoſa pour modele de ſa vie que l'exemple du Roy ſon pere; & comme s'il euſt oublié l'impureté de ſon adultere, la cruauté de ſon homicide, & l'orgueil auec lequel il auoit fait faire le denombrement de ſon peuple; il luy commanda de marcher dans les voyes de ſes commandemens auec la meſme ſimplicité de cœur & auec la meſme juſtice que Dauid ſon fidelle ſeruiteur auoit marché: *Tu quoque ſi ambulaueris coram me ſicut ambulauit Dauid pater tuus in ſimplicitate cordis & in æquitate, & feceris juxta omnia quæ præcepi tibi*, & le reſte.

Paral. l. 2. c. 7.

Le Prince DE CONTY, MESSIEVRS, n'a pas eu le bon-heur d'eſtre exempt des foibleſſes humaines. Vous pouuez vous ſouuenir qu'il a eſté pecheur, pourueu que vous vous ſouueniez auſſi qu'il a eſté penitent; qu'il a perſeueré dans ſa penitence, & que depuis qu'il s'eſt donné ſerieuſement à IESVS-CHRIST il n'y a point eu d'infidelité dans ſes promeſſes. Ses pechez auoient allumé le feu de la colere de Dieu; mais ſes larmes l'ont éteint.

Precieux moment auquel Dieu commença de toucher ce Prince, que vous eſtes agreable à ma memoire, & que je m'eſtime heureux d'auoir eſté le confident des premiers ſentimens que la grace luy inſpira de retourner à Dieu qu'il auoit oublié par les emportemens d'vne jeuneſſe abandonnée à sa propre conduite: d'vne qualité qui attire tant de flatteurs & qui donne si peu d'amis : d'vn amour excessif de la gloire du siecle; & enfin de toutes les passions dont le monde se fait d'autant plus d'honneur qu'elles le deshonorent dauantage deuant Dieu. Que je m'estime, dis-je, heureux, MESSIEVRS, que les premiers sentimens de la conuersion de ce Prince ayent esté versez dans mon sein; que j'aye esté depositaire d'vn secret qui réjouït les Anges, & que je luy aye produit le premier ministre de sa reconciliation auec IESVS-CHRIST!

Il n'eut pas plustost répandu son ame deuant Dieu dans vne confession generale qu'il fit à vn tres-vertueux Ecclesiastique qu'il desira que je luy enuoyasse, que Dieu dit à son cœur en luy representant ses pechez, comme il dit autrefois à saint Pierre en luy monstrant ces bestes immondes dans ce linge mysterieux qu'il fit descendre du ciel: *Surge, occide, & manduca*: Qu'il falloit qu'il se leuast pour marquer la fermeté de sa penitence; qu'il écrasast ces monstres en sorte qu'ils ne ressuscitassent jamais, & qu'il les deuorast & les consumast par le feu de sa charité. Le Pere de saint Pé, prestre de l'Oratoire. *Act. c. 10.*

Ce commencement de penitence, MESSIEVRS, fut si agreable à Dieu qu'il obtint de sa misericorde qu'elle acheuast sa sanctification; & cette Prouidence eternelle qui nous conduit où il luy plaist par des voyes qui nous sont inconnuës, mena par la necessité des affaires publiques vn

M. l'Euesque d'Alet. grand Prelat au mesme lieu où le Roy auoit enuoyé ce Prince. Prouidence, que la profondeur de vos conseils est adorable! La conduite de ce Prelat, trop chrestienne & trop euangelique pour les gens aussi attachez au siecle que l'auoit esté ce Prince, auoit effrayé de loin l'ame de cét illustre penitent dans l'enfance de la grace lors qu'on luy auoit proposé de suiure ses conseils. Mais il ne luy eut pas plustost entendu prescher *Ioan. c. 6.* *les paroles de la vie eternelle*, qu'il entra dans son esprit & dans son cœur. Il connut que Dieu le luy auoit enuoyé pour consommer sa conuersion apres les premiers efforts de la grace, comme il *Act. 10.* enuoya autrefois Ananias à saint Paul, & saint Pierre, à Corneille. Ce *religieux* payen, comme l'Escriture le nomme, se jetta aux pieds de saint Pierre dés le moment qu'il l'approcha: mais l'humilité de ce premier des Apostres ne put le souffrir dans cét estat d'abaissement; parce qu'encore qu'il fust Chef du College Apostolique, il reconnoissoit qu'il estoit homme comme luy. Ce veritable penitent se soûmit de mesme auec des sentimens dignes des premiers siecles à ce grand Euesque, qui n'a pas moins herité de l'humilité de saint Pierre, que de sa charité pastorale, & de la sainteté de son sacerdoce. Il s'y soûmit pour suiure par son ordre les loix les plus austeres de la penitence: & Theodose n'obeit pas plus fidellement à S. Ambroise, que ce Prince obeït à ce Prelat qu'il regardoit comme vn Ange que Dieu luy auoit enuoyé pour contribuer à son salut. Au lieu qu'auant que de le bien connoistre il auoit apprehendé l'austerité de sa conduite, il commença de craindre qu'il ne luy fust trop indulgent, & il entra de luy-mesme dans cette regle de saint Augustin, Que nous deuons estre seueres contre nous-mesmes, si nous voulons que Dieu nous fasse ressentir les effets de sa misericorde.

Cet excellent Euesque se crut d'abord obligé, MESSIEVRS, de suspendre la reconciliation de ce Prince; parce que le connoissant encore foible dans la vie de la grace, il craignit de le nourrir trop tost de la viande des forts, & de l'engager par vne indulgence precipitée à la profanation du plus saint de nos mysteres: & comme il fut contraint pour satisfaire aux obligations de sa charge pastoralle de se separer de luy, il confia le soin de sa conscience à vn tres-pieux & sçauant Ecclesiastique nourri comme luy dans les maximes de l'Euangile, animé du mesme zele, remply du mesme esprit, & à qui il ne manquoit aucune des qualitez necessaires pour consommer ce grand ouurage. Il acheua donc heureusement cette generation spirituelle si saintement commencée; & la grace ayant enfin donné assez de force à ce grand Prince, il commença à participer tres-frequemment à cette sainte table redoutable aux Anges mesmes.

M. l'Abbé de Ciron.

Ce Prince marchant ainsi à grands pas vers le ciel, son Directeur crut, que comme l'eminence de ſa qualité l'expoſoit aux yeux de tout le monde, & qu'il auoit peut-eſtre donné par ſes deſordres occaſion au peché de pluſieurs, il falloit pour reſtituer à Dieu l'honneur que le ſcandale luy auoit dérobé, gagner autant d'ames à IESVS-CHRIST par vne profeſſion ouuerte des vertus chreſtiennes, que l'exemple du paſſé en pouuoit auoir expoſées à ſe perdre.

Il faut auoüer, MESSIEVRS, que les playes que la nature humaine a receuës par le peché ſont bien profondes, & qu'il eſt tres-difficile de les guerir. Ce Prince auoit ſuiuy auec fidelité les regles de la penitence qui luy auoient eſté preſcrites juſques alors. Il auoit volontiers embraſſé cette *diſcipline d'humiliation*, comme l'appelle Tertullien. Il prenoit plaiſir à gemir dans le ſecret de ſon cœur; & il épanchoit ſon ame auec joye aux pieds de IESVS-CHRIST crucifié. Mais ce cœur penetré de la douleur de ſes fautes ne pouuoit ſe reſoudre à paroiſtre en cét eſtat deuant les hommes. Il n'ignoroit pas que, ſelon ces excellentes paroles de ſaint Chryſologue, ce ne ſont pas les playes que la penitence fait dans le cœur, mais celles que les pechez font dans nos ames, qui bleſſent les yeux de Dieu: *Dei conſpectum offendunt vulnera peccatorum, non dolorum.* Mais il ſçauoit au contraire que la corruption plaiſt aux gens du ſiecle, que la penitence les offenſe, & ſa vertu redoutoit encore l'autorité que le peché s'eſt acquis dans le monde. Comme il y a des hommes qui ſont vaillans dans les combats parti-

Tertull. lib. de Pœnit. c. 9.

culiers, & qui apprehendent les batailles ; il y a des ames qui sont saintes en secret, mais qui craignent de le paroistre en public. Cependant celuy qui le conduisoit se souuenoit que IESVS-CHRIST promet *de soustenir au jour de sa Majesté deuant le Tribunal de son Pere, les interests de ceux qui auront confessé son nom deuant les hommes :* & menace *de renoncer ceux qui auront eu honte de se soûmettre à ses commandemens.* Il se souuenoit de ce mot terrible du grand Tertullien contre ceux qui rougissent de leur deuoir & perissent dans cette honte ; *Pudoris magis memores quàm salutis cum erubescentia sua pereunt.* Il se souuenoit que l'Eglise regardoit autre fois tous les Libellatiques quasi comme s'ils eussent renoncé à la Foy, quoy qu'il y en eust quelques-vns dont le crime n'estoit autre que la foiblesse de ne pas confesser publiquement IESVS-CHRIST qu'ils adoroient en particulier.

Matth. cap. 10.

Luc. c. 9.

Tertull. lib. de Pœnit. c. 10.

Toutes ces considerations, MESSIEVRS, engageoient ce fidelle Directeur à faire connoistre à son illustre penitent, qu'il y a des occasions, des temps, des conditions qui obligent à découurir qu'on est entierement à IESVS-CHRIST. Comme il connoissoit que Dieu vouloit porter ce Prince à la perfection *sur les aisles des Aigles*, selon la noble expression de l'Escriture, il l'exhorta fortement à vaincre la resistance qu'il auoit à se declarer, & luy fit enfin faire vne profession publique de fouler aux pieds toutes les fausses maximes du monde. Ainsi il deuint comme en vn moment *vn mur*

Exod. c. 19. Is. c. 40.

Ierem.c.1. & 15. Ezech. cap. 13.

d'airain pour la defenſe de la maiſon d'Iſraël, & il n'apprehenda plus de paroiſtre aux yeux des hommes ce qu'il eſtoit aux yeux de Dieu.

Apres vne ſi grande victoire remportée par ce Prince ſur luy-meſme ce n'eſt plus à moy, MESSIEVRS, c'eſt à vous d'acheuer ſon eloge.

Depuis cette profeſſion d'vne vie toute chreſtienne qu'il embraſſa au milieu de la cour & du monde, ſa pieté a eſté ſi connuë, ſa juſtice ſi exemplaire, ſa modeſtie ſi edifiante, ſa charité ſi generale, que mon diſcours ne peut plus eſtre neceſſaire que pour rappeller dans vos eſprits l'idée de ce que vous auez veu & admiré en luy en diuers temps.

Ses vertus eſtant deuenuës publiques edifierent les gens de bien, fortifierent les foibles, animerent ceux qui auoient quelque commencement de pieté, & en eſclairerent d'autres qui eſtoient encore dans les tenebres du peché. Mais par vn ſecret jugement de Dieu elles aueuglerent en meſme temps par leur éclat ceux qui ne voulurent pas profiter de ſon exemple, & qui ſe ſcandaliſant de ſa vertu, ne pouuoient ſouffrir qu'vn Prince embraſſaſt la pieté dans l'eſtat ſeculier; comme ſi le ſang de IESVS-CHRIST n'auoit pas eſté répandu pour tout le monde, & comme ſi Dieu ne faiſoit les Grands que pour les perdre.

I'auouë, MESSIEVRS, qu'ARMAND DE BOVRBON lors qu'il eſtoit Eccleſiaſtique n'a pas veſcu dans l'exactitude des regles de ſa profeſſion : mais Dieu l'en fit ſortir pour edifier l'Egliſe par ce changement, & porter dans l'eſtat ſeculier la pieté qu'il auroit dû auoir dans ſa premiere condition.

Cette adorable Prouidence qui vouloit l'éleuer par le mariage à vn ſi haut degré de perfection, luy auoit deſtiné vne Princeſſe d'vne pieté toute extraordinaire pour les faire entrer enſemble dans vne heureuſe ſocieté des vertus chreſtiennes, & repreſenter ainſi parfaitement cette ſainte & myſterieuſe vnion de l'Egliſe auec IESVS-CHRIST, dont ce grand Sacrement eſt la figure ſelon la parole de l'Apoſtre.

La ſeuerité des anciens canons reduiſoit à la communion laïque les Eccleſiaſtiques qui profanoient par vne vie ſeculiere l'innocence de leur eſtat : & Dieu fit par ſa conduite ſur ce Prince ce que l'Egliſe auroit fait dans les premiers ſiecles par l'autorité qu'elle a receuë de IESVS-CHRIST.

Il auoit eſté engagé à l'eſtat eccleſiaſtique par vne deſtination trop humaine, & l'on auoit accablé ſon enfance ſous le terrible poids des plus riches benefices du royaume ſi propres à faire croiſtre auec luy l'ambition & le luxe par la diſſipation des biens qui ſont le patrimoine des pauures, & des miniſtres des Autels. Mais comme il eſt difficile de reſiſter à Dieu, Noſtre Seigneur luy ayant depuis ouuert les yeux ſur les grandes obligations de cette redoutable condition, luy fit appliquer ſur luy-meſme les regles qu'il auoit appriſes autre fois de la theologie dans l'exercice de laquelle toute la France auoit admiré ſon eſprit ; & il ſeroit ſans doute entré dans le decouragement, & peut-eſtre dans le deſeſpoir à la veuë de ce terrible objet, ſi Dieu ne l'euſt ſouſtenu par vne grace extraordinaire.

Il entreprit donc par l'effort d'vn courage heroïque de ſatisfaire à tous ſes deuoirs preſens & paſſez, d'effacer deuant Dieu par vn reflux de pieté la memoire des années de ſa clericature ; & par vn ſacrifice de ſes biens reſtituer à IESVS-CHRIST ceux dont il croyoit auoir eſté pluſtoſt le diſſipateur dans l'Egliſe, que le diſpenſateur legitime.

Il remit dés ce moment quarante mille écus de penſion que le Pape luy auoit permis de retenir meſme dans l'eſtat du mariage, ſur les benefices qu'il auoit quittez.

Comme ce Prince n'auoit pas moins de lumiere que de vertu, il connut aiſément, que puis que lors qu'il eſtoit Eccleſiaſtique il n'auoit pas bien vſé des reuenus de ſes benefices, il deuoit beaucoup moins s'en charger dans vne condition ſeculiere ; & cette raiſon l'obligea de reſiſter aux ſentimens de ceux qui eſtimoient qu'il pouuoit ſe ſeruir de cette dangereuſe grace pour les œuures de pieté qu'il vouloit faire : Outre qu'à l'exemple du gene-
Machab. lib. 2. c. 6. reux & venerable Eleazar, il ne voulut pas que ſon action, dont tout le monde n'auroit pas connu les motifs, puſt autoriſer l'abus que d'autres auroient peut-eſtre fait d'vne choſe que ces conſeillers indulgens

indulgens eſtimoient pouuoir eſtre innocente en ſa perſonne.

Il ne ſe contenta pas, MESSIEVRS, d'auoir fait vne ſi grande action, il regarda ſes propres biens comme tributaires à l'Egliſe, & il ne penſa plus qu'à enuoyer dans tous les benefices qu'il auoit poſſedez, pour y répandre dans le ſein des pauures ce qu'il auoit vſurpé ſur eux, rendre aux Autels ce que la ſomptuoſité de ſes dépenſes ſuperfluës leur auoit oſté, procurer la reformation des monaſteres qu'il auoit negligez lors qu'il en deuoit prendre le ſoin, & ſanctifier par des miſſions continuelles les peuples qu'il auoit dû edifier par ſon exemple dans le temps qu'il ne penſoit qu'à ſatisfaire ſes paſſions.

Apres cela, MESSIEVRS, demandera-t-on pourquoy ce Prince a embraſſé la pieté dans l'eſtat ſeculier, ayant eſté tout ſeculier dans l'eſtat eccleſiaſtique? S'étonnera-t-on, que Dieu luy ayant fait penetrer le fond de ſes obligations, il ait voulu non ſeulement ſatisfaire à ce qu'vn chreſtien doit à Dieu dans vne profeſſion laïque, mais meſme à ce que doit vn Eccleſiaſtique tres-exact? S'étonnera-t-on, que feu Monſieur le Prince qui auoit pris ſoin des reuenus de ſes benefices pendant ſon bas âge, & s'eſtoit trouué chargé de cent mille écus de l'épargne qu'il en auoit faite, luy ayant par vn eſprit de juſtice laiſſé deux terres de ce prix qui n'étoient point entrées dans l'heredité de ſes biens, ce religieux fils encheriſſant ſur la juſtice de ſon

BIBLIOTHÈQUE NATIONALE

pere, ait reſtitué à Dieu en vn meſme jour cette ſomme entiere, qui luy auoit eſté reſtituée à luy-meſme; & rendu tout d'vn coup par vne vertu ſans exemple ce qui auoit eſté reſerué en pluſieurs années. Il employa cette grande ſomme en œuures qui honorent IESVS-CHRIST incomparablement plus par l'vtilité de leur ſuite, que ſi elle euſt eſté employée par parties dans les temps des reuenus annuels aux choſes auſquelles elle deuoit eſtre naturellement deſtinée. Elle fut donc employée, MESSIEVRS, à la nourriture & à l'inſtruction de pauures écoliers, ou pour des eſtabliſſemens de miſſions, ou pour des hoſpitaux, ou pour des ſeminaires.

Voilà ce qui s'appelle eſtre veritablement penitent, & reparer l'injure qu'on a faite à Dieu en luy rendant auec vſure ce qu'on auroit deu ne luy point oſter. Il voulut que cette reſtitution fuſt vne ſource perpetuelle de vertus. Il voulut deſarmer la juſtice de Dieu dans les ſiecles à venir en rendant ſa ſatisfaction toûjours preſente & toûjours agiſſante pour ſa gloire.

N'y a-t-il pas ſujet de croire que Dieu recompenſe maintenant ce Prince à la veuë des biens que ſa penitence opere encore apres ſa mort, & qu'elle operera tant que l'inégalité que le peché a introduite parmy les hommes fera des pauures, tant que les pecheurs auront beſoin d'eſtre reconciliez auec Dieu, tant que l'Egliſe recherchera la ſainteté dans ſes miniſtres: & ne deuons-nous pas eſtre perſuadez qu'il eſt aujourd'huy dans la plenitude de la gloire, puis qu'il peut dire auec verité qu'il a remply tous les deuoirs auſquels la grace de noſtre Redempteur l'obligeoit ; *Gratia Dei in me vacua non fuit ?*

Toutes ces actions ſont grandes, MESSIEVRS; mais en voicy de plus éclatantes.

Le malheur de la France auoit entraîné ce Prince dans vn party contre ſon deuoir. Il connut dans quelle abyſme il s'eſtoit engagé, & l'obligation qu'il auoit de reparer cette faute. Pour y ſatisfaire il ne chercha pas vn conſeil indulgent & flatteur; il fallut au contraire que ce grand Prelat entre les mains duquel la prouidence de Dieu l'auoit mis, moderaſt les excés de la juſtice qu'il vouloit exercer contre ſoy-meſme; & c'eſt icy, MESSIEVRS, où paroiſt la grande puiſſance de la grace dans vne ame genereuſement penitente. Son courage augmentoit à meſure que Dieu luy faiſoit reſſentir le poids de ſes obligations ; & la grandeur de ſes maux au lieu de l'abaiſſer l'éleuoit au deſſus de luy-meſme.

ſuperat, & creſcit malis. *Senec. tragœd.*

Auant la penitence de ce Prince, nous n'auions preſque point d'exemple, qu'apres vne amniſtie generale que la bonté du Souuerain auoit accordée, on ſe fuſt impoſé la loy de reparer les pertes que les peuples innocens auoient ſouffertes par la violence de la guerre. On ſe perſuadoit aiſément que le Prince en pardonnant cette faute à ceux qui rentroient dans leur deuoir, faisoit vn si bon vsage de sa puissance, que les peuples mesmes deuoient entrer dans son esprit & oublier tout le mal qu'ils auoient souffert, parce que ce mal sembloit estre suffisamment recompensé par le repos dont ils jouïssoient. On estimoit, que c'estoit vne espece de droit des gens d'en vser ainsi : que chacun rentroit dans son premier estat comme dans l'année du Iubilé de l'ancienne loy, sans qu'il restast aucun trouble de conscience, ny aucune obligation de restituer; & qu'on laissoit à Dieu, des interests duquel personne ne peut disposer, à exiger dans la penitence la satisfaction qui est deuë à sa justice. Mais ce Prince, MESSIEVRS, bien loin de chercher la douceur d'vne probabilité si perilleuse, consideroit ce mot épouuentable que Dieu nous a dit par la bouche du Prophete Roy, *Qu'il jugera mesme les justices* ; C'est à dire que ce qui est estimé juste deuant les hommes se trouuera peut-estre injuste deuant son tribunal terrible. Il ayma donc mieux se priuer de ce qu'il possedoit, que d'attirer sur luy les reproches eternels des pauures que la violence de la guerre auoit opprimez. Il les vengea contre luy-mesme, de peur de s'exposer aux vengeances de la justice de Dieu. Il executa tres-rigoureusement ce qu'il crût deuoir faire par l'auis des Docteurs, que la modestie & l'humilité de ce grand Euesque qui le conduisoit l'obligea de consulter. Et sa fidelité a esté depuis si constante que ce Prelat pouuoit dire qu'il auoit plus de

Psalm. 74.

peine de se resoudre à luy proposer les choses qu'il deuoit faire, que luy à les executer.

Ce Prince, MESSIEVRS, depuis l'heureux moment de sa conuersion à Dieu, jusqu'à sa mort, quoyqu'il n'eust qu'vn bien fort mediocre pour vne personne de son rang, a donné, outre ce qu'il a restitué à l'Eglise, prés de deux millions aux communautez qui auoient esté le theatre mal-heureux de cette guerre dont on ne deuroit jamais se souuenir, si l'on pouuoit sans injustice oublier la clemence du Roy, & la justice du Prince de Conty. Iustice, MESSIEVRS, si exacte qu'il se priuoit pour la faire non seulement de ce qui luy restoit de son reuenu apres vne dépense tres-modeste, mais presque mesme de son necessaire; & il est certain qu'il se seroit dépoüillé de tout son bien auec joye pour le distribuer à ceux enuers qui la tendresse de sa conscience luy persuadoit qu'il estoit redeuable, si on ne luy eust fait voir qu'il leur eust fait plus de tort que de justice en se mettant dans cét estat. Le Prelat qui le conduisoit auec vne si sainte prudence jugeoit bien qu'vn Prince du sang, si religieux, & aussi fidelle au Roy que celuy dont je parle, ne manqueroit pas de receuoir de sa Majesté des biens-faits & des graces qu'il pourroit répandre ensuite sur les miserables : mais que cette source tariroit s'il cessoit de viure en Prince. Ainsi, MESSIEVRS, il jugea que pour satisfaire encore plus pleinement à ses obligations, il valoit mieux ne pas executer le dessein que la ferueur de sa penitence luy inſpiroit, & il l'empeſcha de ſe reduire à vne extrême pauureté, comme ſon teſtament teſmoigne qu'il l'auroit ſouhaitté, pour éuiter l'extrême miſere qu'vne ame vrayement chreſtienne trouue touſiours dans l'iniuſtice.

Il ſe ſeroit dépoüillé de ſon bien, MESSIEVRS, auec la meſme ioye qu'il ſouffrit, que Madame ſa femme ſe dépoüillaſt de ſes plus riches ornemens pour reueſtir & pour nourrir les plus precieux membres du corps de IESVS-CHRIST lors qu'elle vendit ſes pierreries pour la ſubſiſtance des pauures du Berry. Cette Princeſſe, qui eſtoit entrée auec vn courage inuincible dans tous les deſſeins de ſon ſaint époux, fut émeuë de compaſſion au ſeul recit de la miſere de cette prouince affligée. La penitence du Prince ſon mary auoit hypothequé ſes biens aux peuples que la guerre ciuile auoit opprimez, & il ne pouuoit ſatisfaire aux deſirs violens de ſa charité de peur de manquer aux deuoirs de la juſtice. Il n'auoit plus à combattre ſes paſſions, & toute ſa peine n'eſtoit qu'à accorder ſes vertus. Il ſçauoit *que l'aumoſne deliure de la mort & purge les pechez*, comme parle l'Eſcriture. Mais il ſçauoit auſſi que la meſme Eſcriture dit anatheme *à celuy qui diſpoſe de la ſubſtance des pauures, meſme pour les actions de pieté*, & le traite comme vn *parricide*. Il a l'ame grande & liberale; mais il l'a juſte. Ses entrailles s'émeuuent à la veuë de tous les pauures; mais il regarde en meſme temps ceux enuers qui il eſt redeuable & qu'il a appauuris par vne guerre

Tob. c. 4.

Eccl. c. 34.

injuſte. Cette grande Princeſſe vient au ſecours & ſoulage les peines de cette ame combattuë par ces deux vertus qui ſe font vne ſi ſainte guerre. Elle luy propoſe de vendre ſes pierreries. Elle croit qu'elle ne doit point penſer à parer ſon corps tandis que celuy de IESVS-CHRIST eſt dans la ſouffrance en la perſonne des pauures, & que ſes ornemens ſeroient en horreur aux yeux de Dieu ſi elle les refuſoit à leur ſubſiſtance. Elle ſe ſouuient que lors que l'on blaſma ſainte Magdelaine d'auoir répandu ſur le Fils de Dieu vn parfum de grand prix qui auroit pû eſtre vendu pour les beſoins des pauures, ce diuin Sauueur, qui pouuoit par ſa toute-puiſſance pouruoir à leurs beſoins, témoigna qu'il receuoit volontiers en ſa perſonne cét office de pieté, & répondit à ceux qui blâmoient Magdelaine *qu'apres qu'il auroit quité la terre on auroit toûjours des pauures*, enuers qui on pourroit eſtre charitable. *Math. c. 28.* Cette Princeſſe conſidera cette parolle comme ſi elle ſe fuſt adreſſée à elle, & crut deuoir répandre en faueur des miſerables ce qu'elle auoit de plus precieux, parce qu'elle regardoit IESVS-CHRIST en eux comme IESVS-CHRIST auoit voulu que Magdelaine regardaſt les pauures en luy-meſme. Les biens de la Princeſſe n'eſtoient pas engagez aux reſtitutions du Prince; mais par les loix ſacrées du mariage le conſentement du Prince eſtoit neceſſaire pour faire cette diſtribution. Et par cette aumône qui monta à vne ſomme digne de la grandeur de ces deux ames vrayment heroïques le Prince entra dans le merite de la liberalité de la Princeſſe, & la Princeſſe entra dans le merite de la juſtice du Prince. Verité eternelle ! vous auez dit dans l'vn & l'autre de vos Teſtamens, que *les eſpoux ne ſont qu'vne meſme chair ;* ceux-cy s'éleuent au deſſus de la condition ordinaire ; ils ne ſont qu'vn meſme eſprit & ſont ſi fidelles à la grace que chacun d'eux peut dire auec verité : *Gratia Dei in me vacua non fuit.*

Geneſ. c. 2. Math. c. 19. &c.

Il me ſemble, MESSIEVRS, que je lis ſur vos viſages combien vous eſtes touchez des actions ſi extraordinaires que cét illuſtre penitent a faites pour ſatisfaire aux deuoirs d'vn Prince chreſtien. Mais vous ne le ſerez pas moins ſans doute de ce qu'il a fait pour répondre à la vocation d'vn Prince à qui le Roy auoit confié ſon autorité dans les plus importans emplois.

CE tres-religieux Prelat, MESSIEVRS, qui voyoit, que ce grand Prince ne cherchoit qu'à s'aneantir par la penitence, ne luy conſeilla pas neantmoins de quitter le commandement des armées, comme il ne luy auoit pas conſeillé de quitter la Cour, parce que de meſme qu'il le croyoit obligé de reparer autant qu'il le pourroit par ſes reſtitutions les maux que la guerre ciuile auoit fait ſouffrir au peuple, il croyoit auſſi qu'il en deuoit reparer l'injuſtice enuers le Roy par les plus ſignalez ſeruices qu'il pourroit rendre à ſa Majeſté contre les ennemis de ſon Eſtat.

En luy donnant vn conſeil ſi ſaint il montroit qu'il

qu'il estoit plein de l'esprit de ces grands Euesques de l'vn des plus celebres Conciles de nostre France, qui priua de la communion les laïques, qui sous pretexte de pieté quittoient la profession des armes & abandonnoient le seruice de leur Prince dans vn temps auquel la religion n'estoit plus persecutée. La guerre en soy n'est point mauuaise : on s'y peut sanctifier comme dans vn autre employ, pourueu qu'on en obserue les loix selon les regles de l'Euangile. Ceux qui ont embrassé cette heroïque profession sont de glorieuses victimes, qui se doiuent immoler au bien de l'Estat & au seruice de leur Prince legitime, & l'on ne sçauroit estre attaché à IESVS-CHRIST sans l'estre inuiolablement à tous les interests du Roy, puis que l'on doit encore plus à son Souuerain par les loix diuines que par les loix politiques.

De his qui arma projiciunt in pace (Ecclesiæ) placuit abstinere eos à communione. Can. 3. Con. Arelat. I.

Monsieur le Prince de Conty, MESSIEVRS, persuadé par ces raisons continua de commander les armées. La Catalogne & l'Italie ont veu auec quelle fermeté d'ame, & quelle grandeur de courage, il mesprisoit sa vie pour aller où son deuoir & la gloire l'appelloient.

Que vostre Altesse serenissime, MONSEIGNEVR, me permette, en cét endroit, s'il luy plaist, de rendre public ce qu'elle a dit autrefois à la loüange de son auguste Frere en parlant de sa valeur. C'est vne loüange, MESSIEVRS, dont l'excés vous paroistroit sans doute injurieux à ce grand Prince deuant qui j'ay l'honneur de parler si je la

M. le Prince.

prononçois en son absence ; mais ie la repete hardiment deuant luy parce que ie suis asseuré qu'il ne la desauouëra pas. Vous auez dit, MONSEIGNEVR, mais vous l'auez dit dans vn emportement d'estime que vous auiez pour ce valeureux Prince, vous auez dit, oseray-je le prononcer ? vous auez dit *qu'il estoit plus vaillant que vous.*

Quelle parole, MESSIEVRS, sortie de la bouche de ce miracle de valeur de nostre siecle & qui fera l'étonnement des siecles à venir ! Ce m'est vn grand honneur, MONSEIGNEVR, de parler deuant vous. C'est vn grand auantage à la memoire de feu Monseigneur vostre Frere de vous auoir pour témoin de ce que je dis pour sa gloire ; je souhaitterois neantmoins que V. A. S. fust absente pour vn moment, afin qu'ayant la liberté de representer icy vos grandes actions je pusse encore mieux faire connoistre la grandeur de cette loüange. Elle ne vous persuadera pas asseurément, MESSIEVRS, que le courage du Prince de Condé puisse estre surpassé de nul autre, mais elle vous doit persuader par l'excés de cette comparaison combien estoit grand celuy du Prince de Conty. Et apres cét illustre témoignage, ne seroit-il pas inutile de rapporter ses campagnes, & de faire l'histoire de toutes ses belles actions ? Cette seule parole suffit pour consommer sa gloire.

Ce grand Prince, MESSIEVRS, auroit sans doute continué d'étendre par sa valeur les bornes de cette monarchie, & auroit en mesme temps employé toute son autorité pour faire regner IESVS-

CHRIST dans les armées où il eſt quaſi toûjours deshonoré, ſi la foibleſſe de ſa ſanté ne l'auoit contraint de quitter vn employ ſi penible, pour ſe donner entierement au gouuernement des peuples que ſa Majeſté auoit confiez à ſa conduite.

Que ne m'eſt-il permis icy, MESSIEVRS, au lieu de vous parler de moy-meſme de faire parler cét illuſtre mort ? Il me ſeroit facile de le faire, & je puis dire que *defunctus adhuc loquitur*, puiſque non ſeulement ſes actions ſont encore toutes viuantes, mais qu'il nous a laiſſé ſon eſprit dans les écrits qu'il auoit faits pour ſa propre perfection. *Hebr. c. 11.*

Nous auons entre les mains cét ouurage admirable des deuoirs des Grands qui doit faire trembler tous ceux qui ſont dans quelque éleuation dans le monde, parce qu'eſtant certain qu'il n'y a quaſi perſonne qui s'acquitte des obligations preſqu'infinies qui ſont attachées à la grandeur & à l'autorité, & que le Prince de Conty les a ſi fidellement accomplies, que nous luy pouuons faire dire hardiment, *Gratia Dei in me vacua non fuit*, il eſt à craindre qu'il ne s'éleue en jugement deuant Dieu contre tous ceux qui n'ont pas profité de ſon exemple.

Que cét incomparable écrit, MESSIEVRS, s'il m'eſtoit permis de le produire, ſeroit bien plus capable de vous toucher, que ces vaines reliques dont les Orateurs profanes ont fait autrefois de ſi pathetiques oſtentations ! Mais puiſque les regles de la chaire euangelique, & la crainte d'abuſer de voſtre patience m'empeſche de prendre cette liberté, & que j'eſpere qu'on n'enuiera pas au public vn bien qui luy doit eſtre ſi precieux, je me contenteray de vous dire en peu de mots ſur quel fondement ce grand Prince auoit principalement eſtably ſa conduite pour le gouuernement des peuples.

Il croyoit que les Grands ſont obligez à pratiquer toutes les vertus chreſtiennes, & à les pratiquer *dans*
Art. 8. des deuoirs des Grands. *vn haut degré. Mais ſur tout* (voicy, MESSIEVRS, ſes propres termes : *leur charité doit eſtre ardente, & toutes leurs penſées, toutes leurs actions, toutes leurs paroles, tous*
Art. 11. *leurs mouuemens ne doiuent tendre qu'à l'accompliſſement de ce grand & diuin commandement de l'amour.*

Et parce que la charité regarde Dieu & le prochain, voicy juſques où il porte ces deux obliga-
Art. 11. tions : *Vn Grand*, ajoûte-t-il, *ne peut auoir vn amour pour Dieu proportionné à ce que demande ſon eſtat & ſa vocation, ſi cét amour n'égale preſque celuy des Martyrs*. Quant à ce qui regarde l'amour du prochain ; *Vn Grand* (ce
Art. 12. ſont encore ſes termes) *doit s'y croire plus obligé qu'vn autre chreſtien, puiſque par ſa vocation il eſt principalement l'homme du prochain, n'eſtant fait que pour luy, pour le ſoulager dans ſes beſoins, le conſoler dans ſes afflictions, le corriger dans ſes manquemens, luy rendre juſtice, le tirer de l'oppreſſion, le garentir de la violence.*

Voilà, MESSIEVRS, quels eſtoient les ſentimens de ce Prince.

Pluſt à Dieu que toutes les voix de la Guyenne, Ah malheureuſe Guyenne de l'auoir poſſedé ſi peu de temps ! & toutes celles du Languedoc fuſſent icy reünies. Elles vous diroient que ſes actions alloient encore beaucoup au delà de ſes paroles. Il vouloit qu'vn homme d'autorité euſt la charité des Martyrs. Et nous pouuons dire, que Dieu en donnoit le mouuement à ſon cœur en meſme temps qu'il donnoit cette lumiere à ſon eſprit.

Tout le monde a veu à quel point les intereſts de Dieu luy eſtoient chers, quels ſoins il prenoit de maintenir entre les catholiques la religion dans ſa pureté, & de l'augmenter en ramenant dans le ſein de l'Egliſe ceux qui s'en ſont ſi malheureuſement ſeparez.

La pieté du Roy & celle du feu Roy ſon pere ſemble auoir pris vn ſoin particulier de donner de grands Prelats aux Egliſes de Languedoc; & l'on peut dire que ſi Dieu n'auoit permis que je fuſſe compté entre les Eueſques de cette prouince il n'y auroit preſque rien à deſirer pour le ſeruice de Dieu de la part des Paſteurs.

Mais comme les Eueſques, MESSIEVRS, ont beſoin de l'autorité temporelle pour appuyer les choſes ſpirituelles, & qu'il faut neceſſairement que le ſacerdoce & l'empire conuiennent pour faire regner, IESVS-CHRIST, qui a voulu conſacrer par ſa naiſſance le ſang royal, & le ſacerdotal par ſon alliance, pour témoigner que les deux puiſſances doiuent concourir pour les intereſts de ſa gloire; la principale application de M. le Prince de Conty eſtoit d'appuyer les ordonnances des Eueſques dans leurs dioceſes, & nous auons veu l'Egliſe changer de face dans cette grande prouince, depuis qu'elle a eſté ſi heureuſe que d'eſtre protegée par ce grand Prince, de qui nous pouuons dire ce que l'hiſtoire ſainte dit d'vn tres-religieux Monarque, qui gouuernoit le peuple de Dieu : *Fecit quod rectum erat in conſpectu Domini, & non declinauit neque ad dexteram, neque ad ſiniſtram.*

Paralip. l. 2. c. 34.

Nous auons veu ſous ſon autorité la pieté refleurir dans les lieux où elle n'eſtoit preſque plus connuë, le ſcandale aboly, le blaſpheme puny, le libertinage reprimé, les diuertiſſemens impudiques & les ſpectacles profanes entierement proſcripts. Nous auons veu reſtablir la ſanctification des dimanches & des feſtes dans leſquelles il ſembloit que la ceſſation des œuures ſeruiles n'eût eſté commandée, qu'afin que Dieu fuſt offenſé, ou par l'oiſiueté des peuples, ou par l'impieté de leurs plaiſirs. Et enfin nous auons eu la joye de voir le duel deshonoré par le ſoin que ce religieux Prince prenoit de faire executer les edits du plus grand des Rois, à qui ſeul apres Dieu la gloire eſt deuë d'auoir eſtouffé ce monſtre.

Les Paſteurs gemiſſoient auparauant de ces deſordres : ils en portoient leurs plaintes dans les chaires euangeliques, leurs remonſtrances dans les tribunaux de la penitence ; mais ils ne pouuoient les arreſter. Ils auoient beſoin d'eſtre appuyez de ceux qui ayant l'autorité *du glaiue*, comme parle ſaint Paul, doiuent *venger* la cauſe de Dieu. Ce Prince non moins armé de ſon zele que de l'épée dont parle ce grand Apoſtre, vint au ſecours de ces Paſteurs affligez ; & nous pouuons dire de ſa genereuſe pieté ce

Rom. c. 13.

que l'Eſcriture dit de celle de Ioſias, *Abſtulit ergo Ioſias cunctas abominationes de vniuerſis regionibus filiorum Iſrael.* *Paralip. l. 2. c. 34.*

Mais les trophées de ſa pieté, ont principalement paru dans l'accroiſſement de la religion par ſon zele à ſeconder celuy des Eueſques, en ramenant à l'Egliſe ceux qui en ſont ſeparez, & pour qui nous deuons continuellement verſer des larmes, en demandant à Dieu qu'il luy plaiſe de les remettre dans le ſein de leur mere, & de fermer entierement la playe que cette mal-heureuſe diuiſion a faite depuis plus d'vn ſiecle.

Ce grand Prince, MESSIEVRS, également animé de charité pour leur ſalut, & d'ardeur pour la gloire de IESVS-CHRIST auquel ils ont eſté incorporez par le Bapteſme & duquel ils ont eſté violemment arrachez par l'erreur & par le ſchiſme, agiſſoit ſans ceſſe pour leur conuerſion. S'il euſt ſuiuy ſon mouuement, il eſt certain qu'il auroit *conſacré ſes mains*, pour me ſeruir des termes de l'Eſcriture, par la demolition de tous ces malheureux Temples où l'hereſie a eſtably ſon trône; mais parce que la douceur gagne plus les eſprits que la force, il ſouffrit dans l'amertume de ſon cœur ceux qui eſtoient aux termes des edits que la neceſſité des temps & de la tranquillité publique ont autrefois arraché des mains de nos Rois treschreſtiens. Mais pour ne pas tomber auſſi dans le reproche que l'Eſcriture fait à la pluſpart des Rois du peuple de Dieu, dont quelques-vns quoy qu'ils euſſent veſcu ſaintement en leur particulier, *Exod. c. 32.*

n'auoient pas eu ſoin d'empeſcher l'impieté des faux Temples, *Excelſa non abſtulit*, ce grand Prince ne pouuant exterminer ceux qui leur auoient eſté accordez par les edits de pacification, il n'en a ſouffert aucun de ceux qu'on auoit entrepris d'éleuer contre les termes de ces meſmes edits : Et à l'exemple du grand Theodoſe qui non ſeulement deſtruiſit tous les temples des idoles que l'impieté de quelques-vns de ſes predeceſſeurs auoit éleuez & que la foibleſſe des autres auoit ſoufferts, mais qui oſta encore aux Ariens ceux que la faueur qu'ils auoient euë durant quarante ans leur auoit fait vſurper ſur les catholiques, nous auons veu auec joye tomber prés de deux cents de ces temples ou de leurs annexes par les ſoins que M. le Prince de Conty a eu d'auertir ſa Majeſté des entrepriſes qu'on auoit faites. Le Roy, MESSIEVRS, qui ne peut ſouffrir aucune injuſtice entre ſes ſujets, ſouffre beaucoup moins qu'on en faſſe à celuy duquel il fait gloire d'eſtre luy-meſme le ſujet.

Lib. 3. Reg. c. 15. & alibi paſſim.

Theodoret. hiſt. Eccl. lib. 5. cap. 20. Sozomen. hiſt. l. 7. c. 5.

Ie croy donc auoir eu raiſon de dire que ce religieux Prince auoit la charité des Martyrs, puiſque ſa vie luy eſtoit beaucoup moins chere que les intereſts de IESVS-CHRIST & de ſon Egliſe. Mais vous, MESSIEVRS, qui auez eû l'honneur d'eſtre plus particulierement attachez à ſon ſeruice & qui eſtiez toûjours auprés de ſa perſonne, vous feriez connoiſtre bien mieux que moy cette verité. Vous auez eſté témoins de ſes actions, & vous ſçauez que ſi ſa maxime

Les domeſtiques de M. le Prince de Conty.

maxime & ſon principe eſtoit, qu'vn Grand eſtably en autorité deuoit auoir la charité des Martyrs, il a eſté luy-meſme le Martyr de la charité. Vous ſçauez l'extrême deſir qu'il auoit de faire regner IESVS-CHRIST dans ſon gouuernement, & que ce deſir a eſté la ſeule cauſe de ſon dernier voyage en Languedoc qui enfin a conſumé le reſte de ſes forces.

La charité de cét illuſtre Gouuerneur de la plus grande prouince du royaume ne s'eſt pas ſeulement employée pour les intereſts de Dieu, elle a auſſi regardé le prochain. Il ſçauoit, comme nous l'auons dit, qu'vn homme d'autorité eſt *l'homme du prochain* : & bien loin d'eſtre dans cette fauſſe maxime que la flaterie a introduite, que tout le monde n'eſt fait que pour les Grands, il eſtoit perſuadé que ſelon l'ordre de Dieu les Grands ne ſe doiuent conſiderer ſur la terre que pour procurer le bien & l'auantage de tout le monde.

Nec ſibi, ſed toti genitos ſe credere mundo. *Lucan.*

Il ſe donnoit indifferemment à tous : ſa maiſon eſtoit ouuerte à tout le monde : toutes les affaires de la prouince publiques & particulieres eſtoient les ſiennes ; & quoy qu'il ſe cruſt eſtroitement obligé à prendre ſoin luy-meſme de ſa famille pour la faire viure chreſtiennement, & qu'il s'y appliquaſt auec autant d'exactitude que s'il n'euſt point eu de prouince à gouuerner, il ne laiſſoit pas de ſe donner aux occupations publiques comme s'il n'euſt point eu de famille, & il oublioit tellement ſes intereſts lors qu'il s'agiſſoit de l'auantage des peuples qu'il ne ſe croyoit riche qu'à proportion qu'il conſeruoit ou augmentoit leurs biens, & ne s'eſtimoit heureux qu'autant qu'il pouuoit procurer leur bon-heur.

Il refuſoit ſouuent ce que la reconnoiſſance de la prouince l'obligeoit à luy offrir, & nous auons veu nos Eſtats affligez de ſa moderation & de ſon deſintereſſement; de ſorte que tout l'auantage qu'il euſt voulu retirer de ſon gouuernement n'euſt eſté, s'il euſt pû, que d'empeſcher les injuſtices; & dans cette veuë il s'appliquoit auec vn ſoin infatigable au reglement des impoſitions, à la verification des debtes publiques, & aux accommodemens des procez qui diuiſoient les familles. Il s'oppoſoit à tout ce que la cupidité pouuoit faire ſouffrir aux innocens & aux foibles, & il eſtoit ſi plein du ſentiment de ſes obligations ſur tous les intereſts des peuples de ſon gouuernement, que je luy ay ſouuent ouy dire qu'il eſtoit perſuadé que pour procurer leur ſoulagement comme *l'homme du prochain*, il deuoit reſider dans la Prouince preſqu'auſſi exactement qu'vn Eueſque dans ſon dioceſe, & que ſi ſes infirmitez l'empeſchoient à l'auenir d'y eſtre ſans ceſſe dans l'action à laquelle il ſe croyoit obligé, il eſtoit reſolu de le quitter pour ne pas rendre inutile la grace que Dieu luy faiſoit de luy donner la connoiſſance de ſes deuoirs. Aprés cela n'auons-nous pas raiſon de luy faire dire, *Gratia Dei in me vacua non fuit*.

S'Estonnera-t-on, MESSIEVRS, qu'vne vie si sainte ait esté suiuie d'vne mort encore plus sainte? S'estonnera-t-on qu'vn homme qui ne s'estoit nourri depuis tant d'années que d'vn pain de larmes, soit sorti de ce monde auec vne fermeté plus qu'humaine? S'estonnera-t-on qu'vn Prince qui ne cherchoit ses delices que dans la conformité auec IESVS-CHRIST crucifié, ait souffert pendant dix-huit mois des douleurs inconceuables auec vne tranquillité tousiours meslée de joye? Celuy, dit saint Cyprien, qui donne tout d'vn coup sa vie pour Dieu ne remporte qu'vne victoire: mais celuy qui demeure long-temps dans les souffrances & qui lutte contre le mal sans y succomber, acquiert tous les jours de nouuelles couronnes. *Semel vincit qui statim patitur: at qui manens semper in pœnis congreditur cum dolore nec vincitur, quotidie coronatur.* S'estonnera-t-on que ce Prince qui ayant les lumieres d'vn Ange a suiuy auec l'obeïssance d'vn enfant les conseils & les ordres de ce grand Euesque qui l'a toûjours conduit depuis son retour à Dieu, ait receu la consolation de l'auoir auprés de luy dans les derniers jours de sa vie? & que par vne prouidence particuliere l'Ecclesiastique à qui ce Prelat auoit confié le soin de son ame en son absence, se soit trouué au terrible moment de sa mort, & qu'il ait receu la derniere absolution de celuy-là mesme de qui il auoit receu la premiere qui auoit fait sa parfaite & solide reconciliation auec Dieu? S'e-

S. Cypr. ad Maximum & Moysen presb.

ſtonnera-t-on enfin, que celuy qui s'eſtoit dépoüillé de tout pendant ſa vie pour la décharge de ſa conſcience, n'ait conſideré Meſſeigneurs ſes Enfans dans ſon teſtament que comme d'illuſtres pauures; & que ne les regardant que comme coheritiers de IESVS-CHRIST, il ait voulu que IESVS-CHRIST fuſt ſon principal heritier en la perſonne de ceux qu'il auoit appauuris par vne injuſte guerre?

Ie ne ſçay, MESSIEVRS, ſi je dois aprés des effets ſi merueilleux de la grace de Dieu dans cette ame, vous exciter à répandre des larmes, ou vous conuier à vous réjoüir de ce qu'il poſſede maintenant la felicité des bienheureux: Si nous écoutons la voix des prouinces qu'il a gouuernées auec tant de ſageſſe & de juſtice, celle des peuples qu'il a protegez auec tant de charité & de force, celle des pauures qu'il a aſſiſtez auec tant de tendreſſe & de liberalité, elles vous demanderont des larmes. Mais ſi vous écoutez la voix des Anges ils vous diront, que ſi la penitence d'vn ſeul pecheur fait la joye de tout le ciel, celle d'vn penitent tel que celuy de qui je parle & dont l'exemple en a attiré vne infinité d'autres, doit rauir le ciel & la terre. Ie ne vous demande donc point de larmes,

Virgil. *Manibus date lilia plenis.*

donnez pluſtoſt des marques de voſtre joye.

En vous parlant ainſi, MESSIEVRS, je ne crains point de manquer à la reconnoiſſance que je dois à la bonté dont ce grand Prince m'a honoré.

Ie ne crains point, MONSEIGNEVR, de manquer au reſpect que je dois à voſtre juſte douleur & à celle de toute voſtre ſereniſſime Maiſon. M. le Prince.

I'auouë que ſi cette illuſtre Eſpouſe que le ciel auoit vnie à cét admirable Prince n'enuiſageoit que la grandeur de ſa perte, elle deuroit eſtre abyſmée dans la douleur ; mais elle eſt trop chreſtienne pour ne pas s'éleuer au deſſus des ſentimens ordinaires, & pour ne pas preferer la felicité eternelle de celuy de qui la mort l'a ſi violemment ſeparée, à l'extrême douceur de viure encore auec luy. Dieu ne l'a pas meſme voulu priuer de la plus grande de toutes les conſolations de cette vie, puiſqu'il a répandu tant de benedictions ſur ſon mariage qu'elle voit reuiure ſon auguſte Epoux en ſes auguſtes Enfans, & que les ſemences de lumiere & de vertu que l'on remarque deſia en eux, luy donnent ſujet de croire qu'ils marcheront ſur les illuſtres pas de leur Pere. Croiſſez, jeunes Princes, croiſſez heureuſement ſous la conduite d'vne Mere ſi vertueuſe. Elle reparera en quelque ſorte la perte que vous auez faite en redoublant ſes ſoins pour vous éleuer chreſtiennement, & pour vous inſpirer les ſentimens que vous deuez auoir pour le bien de l'Eſtat, le ſeruice du Roy, & la gloire de IESVS-CHRIST. Madame la Princeſſe de Conty.

Et vous, Madame, dont la pieté & la charité rendent aujourd'huy les derniers deuoirs à ce frere incomparable par cette funeſte pompe où la modeſtie chreſtienne de V. A. S. edifie toute cette Madame la Ducheſſe de Longueuille.

aſſemblée, oppoſez voſtre foy à voſtre douleur. Souuenez-vous que ſelon la parole de l'Apoſtre
1. Cor. cap. 13. *la charité ne meurt jamais*. Souuenez-vous que celle qu'il a emportée auec luy fait que vous luy eſtes toûjours preſente dans le ciel, comme il vous doit eſtre toûjours preſent ſur la terre par l'idée de ſes vertus.

Mais en meſme temps, MESSIEVRS, que j'inuite tout le monde à la joye qu'on doit auoir pour la felicité de cette ame que je crois eſtre dans le ciel, je ne m'apperçois pas que peut-eſtre pluſieurs de ceux qui m'écoutent doiuent verſer des larmes, non pas ſur ce Prince, mais ſur eux-meſmes, comme diſoit IESVS-CHRIST aux filles de Ieruſalem.

Pleurez donc, Eccleſiaſtiques, ſi vous vous eſtes engagez ſans vocation & par des ſentimens d'ambition ou d'intereſt dans ce redoutable eſtat. Quittez-le comme a fait ce Prince ſi vous le pouuez: & ſi vous ne pouuez pas rompre vos liens, reparez par la reſtitution & par l'humiliation de la penitence le crime que vous auez commis en vſurpant le patrimoine des pauures & le ſacerdoce de IESVS-CHRIST.

Pleurez Grands de la terre, qui bien loin d'imiter ce Prince qui regardoit ſes inferieurs comme ſes freres; parce qu'il les conſideroit comme eſtans tous rachetez, ainſi que luy, par le ſang de IESVS-CHRIST, ne regardez ceux qui ſont au deſſous de vous qu'auec orgueil & auec mépris, & qui au lieu d'employer voſtre autorité pour le ſecours des foibles & la conſolation des miſerables, ne vous en ſeruez que pour les affliger encore dauantage.

Pleurez Riches, qui au lieu de ſoulager les paures aymez mieux *enſeuelir vos treſors :* mais ſouuenez-vous en meſme temps que leur épouuentable *voix ſera oüie en jugement contre vous*, ſelon la parole d'vn Apoſtre. Pleurez, ſi au lieu de faire juſtice aux miſerables par vos aumônes, ſelon les ſentimens de l'Eccleſiaſtique qui parle de l'aumône comme d'vne *debte*, vous les opprimez par la violence & par l'iniquité de voſtre auarice. Ce Prince a répandu ſon bien dans le ſein des pauures : & vous ne poſſedez peut-eſtre que ce que vos injuſtices en ont arraché.

Eccl. c. 29. — *Iacobi 5.* — *Eccl. c. 4.*

Pleurez Pauures qui ne pouuez ſouffrir voſtre eſtat ſans murmurer contre la prouidence ; & conſiderez vn grand Prince qui pour plaire à Dieu ne s'eſt rien reſerué que pour rendre le malheur de voſtre condition plus ſupportable.

Pleurez Voluptueux à la veuë de l'auſterité de ce penitent qui pendant dix années n'a cherché de delices que dans la croix & dans la guerre continuelle qu'il a declarée à ſes paſſions.

Pleurez enfin vous tous qui m'écoutez ſi vous n'auez pas profité d'vn ſi grand exemple.

Il n'y a ſans doute perſonne dans cette aſſemblée qui ne ſouhaitte de mourir auſſi ſaintement que ce Prince eſt mort : reſoluez-vous donc dés ce moment à viure auſſi ſaintement qu'il a veſcu : c'eſt vn enchaiſnement neceſſaire. Si vous voulez auoir part à la gloire qu'il possede dans le ciel, soyez, tandis que vous serez sur la terre, aussi fidelles à la grace qu'il l'a esté pendant sa vie : & pour estre jugez aussi fauorablement que luy, mettez-vous en estat de pouuoir dire deuant le redoutable tribunal de Dieu, *Gratia Dei in me vacua non fuit.*

FIN.

R.F.

Extrait du Priuilege du Roy.

LE Roy par ses Lettres patentes a permis au sieur du Vigan, de faire imprimer par tel Imprimeur qu'il voudra choisir *l'Oraison Funebre de Monseigneur le Prince de Conty, prononcée le 5. Iuin 1666. au grand Conuent des Carmelites, par Monseigneur l'Euesque de Comenge* : Auec defenses à tous autres de l'imprimer, ny vendre pendant dix ans, à peine de quinze cents liures d'amende, & confiscation des exemplaires ; comme il est plus à plein contenu esdites Lettres données à Fontainebleau le 17. Aoust 1666. Signées, Par le Roy en son Conseil, CHARLOT, & sellées.

Ledit sieur du Vigan a cedé le droit qu'il auoit audit Priuilege à Antoine Vitré, pour en jouïr par luy le temps y porté.

www.ingramcontent.com/pod-product-compliance
Ingram Content Group UK Ltd.
Pitfield, Milton Keynes, MK11 3LW, UK
UKHW012117240726
13965UKWH00005B/1806